E Sp Van
Van Scoyoc, Pam
The ballerina with webbed
   feet = La bailarina
   palmipeda

1st ed. OCT - - 2005    $16.98
              ocm56315603

# The Ballerina With Webbed Feet
# La Bailarina Palmípeda

Written by   Pam Van Scoyoc

Translated by Diane E. Teichman

Illustrated by R. J. Lewis

By Grace Enterprises

The Ballerina With Webbed Feet
La Bailarina Palmípeda
Text copyright © 2004 by Pam Van Scoyoc
Illustrations copyright © 2004 by By Grace Enterprises
All rights reserved. www.bygraceenterprises.com

Requests for permission to make copies of any part of this work should be mailed to
By Grace Enterprises, 9515 Twin Oaks Drive, Manvel, Texas 77578.
www.bygraceenterprises.com

First Edition

Cataloging-in-Publication Data

Van Scoyoc, Pam.
    The Ballerina With Webbed Feet = La Bailarina Palmípeda  /  by Pam Van Scoyoc ; illustrated by R. J. Lewis ;
translated by Diane E. Teichman.
        p. cm.
        English and Spanish
        Summary: Pattie Patty is a duck who realizes there is more to ballet then wishing.  The geese laugh at her and the ducks
    are embarrassed, but her true friends are soon revealed.
        Audience: Ages 4-9.
        LCCN 2004103737
        ISBN 0-9663629-2-6

        1.  Ducks—Juvenile fiction.  2.  Ballet—Juvenile fiction.  [1.  Ducks—Fiction.  2.  Ballet—Fiction.  3.  Friendship—Fiction.
    4.  Self-acceptance—Fiction.  5.  Spanish language materials—Bilingual.]  I. Teichman, Diane E.  II. Lewis, R. J.  III. Title.
    IV. Title:  Bailarina palmipeda

PZ73.V343 2004                          [E]
                                        QBI04-289

Book layout by Emerald Phoenix Media
Cover design by Ira S. Van Scoyoc
Copy edited by Shirin Wright
Printed in Hong Kong

When she practiced she stretched her legs and she
pointed her toes just so.
But when she twirled and whirled around, she fell
down and the geese laughed.
The ducks just shook their heads.

Cuando ella practicaba ella extendía sus piernas y
apuntaba sus piesecitas precisamente.
Pero cuando ella giraba y daba vueltas, ella se caía  y
los gansos se reían.
Los patos solamente se meneaban las cabezas.

Sometimes she practiced in the meadow where wild flowers bloomed and soft grass grew.

She stretched her legs.

She pointed her toes just so.

A veces ella practicaba en el prado donde florecían las flores del campo y crecía el pasto blando.

Ella extendía sus piernas.

Ella apuntaba sus piesecitas precisamente.

But when she twirled and whirled around, she still fell down and the geese laughed.

Pero cuando ella giraba y daba vueltas, aún se caía y los gansos se reían.

The ducks just shook their heads.

Los patos solamente se meneaban las cabezas.

No matter how much she practiced
or how much she loved to dance,
she always fell down.

She fell on the flowers.

No importaba cuanto practicaba
ella ni cuanto le encantaba bailar,
ella siempre se caía.

Ella se cayó encima de las flores.

She fell on Frog.

Ella se cayó encima de Rana.

She fell on the geese.

Ella se cayó encima de los gansos.

She fell in Dog's bowl.

Ella se cayó en la vasija de Perro.

Once she even fell in Pig's mud bath.

Hasta una vez se cayó en el baño de lodo de Puerquita.

And the geese laughed and laughed and laughed.

Y los gansos se reían y reían y reían.

The ducks just shook their heads.

Los patos solamente se meneaban las cabezas.

"I could really be a ballerina,"
thought Pattie Patty, "if I had a tutu."

"De verás que yo sí podía ser una bailarina,"
pensaba Pati Patita, "si yo tuviera una tutu."

The tutu arrived and she dressed quickly.
At the pond she looked at herself in her new pink satin
tutu with its wide skirt.

Llegó la tutu y ella se vistió rápidamente.
Al lado del estanque ella se miró su reflejo así
vestida en su nuevo tutu de raso rosado con la
falda amplia.

"This is perfect!" said Pattie Patty
and she started to dance.

She stretched her legs.

She pointed her toes just so.

"¡Esto es perfecto!" dijo Pati Patita
y empezó a bailar.

Ella extendió sus piernas.

Ella apuntó sus piesecitas precisamente.

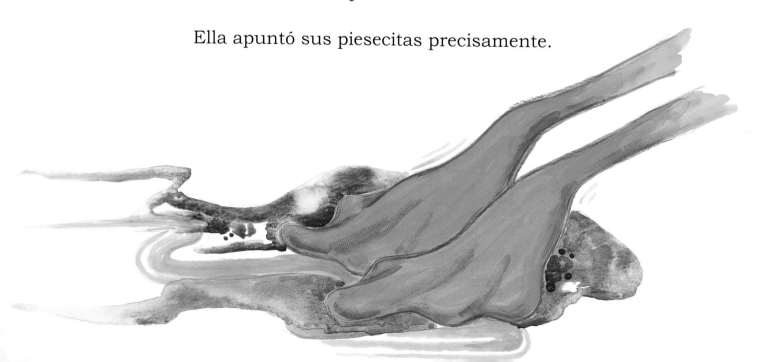

But when she twirled and whirled around, she fell down and the geese laughed more than ever.

Pero cuando ella giró y dio vueltas ella se cayó y los gansos se rieron más que nunca.

The ducks just shook their heads.

Los patos solamente se meneaban sus cabezas.

"I need a tiara," decided Pattie Patty. "Then I will look like
a real ballerina."
It arrived and she quickly opened the box and lifted out a sparkling
tiara and placed it on her head.


"Yo necesito una tiara," decidió Pati Patita. "Entonces
pareceré ser una verdadera bailarina."
Llegó la tiara y ella abrió la caja rápidamente, y
sacándola alzó una tiara brillante
y lo puso encima de su cabeza.

"This is more perfect," she said looking at her
reflection in the pond and she started to dance.
She stretched her legs.
She pointed her toes just so.
And when she twirled and whirled around she fell down
and the geese laughed even more than before.
The ducks just turned and walked away, still shaking their heads.

"Ahora esto es más perfecto," dijo ella mirando a su reflejo en el
estanque y empezó a bailar.
Ella extendió sus piernas.
Ella apuntó sus piesecitas precisamente.
Y cuando ella giró y dio vueltas, ella se cayó y los gansos se rieron
más que antes.
Los patos se alejaron de ella, meneando sus cabezas.

"I don't understand," said Pattie Patty. "I practice.  I have a tutu.  I have a tiara. What can be wrong?"

"Ballet shoes!" exclaimed Pattie Patty. "That's it!  I need real ballet shoes!"

"Yo no entiendo," dijo Pati Patita.  "Yo practico. Yo tengo un tutu. Yo tengo una tiara. ¿Que puede ser el problema?"

"¡Zapatillas de ballet!" declaró Pati Patita. "¡Eso es!  ¡Yo necesito zapatillas de ballet autenticas!"

The shoes finally arrived. She carefully
laced them onto her feet, first one and
then the other.
She sat wiggling her feet and admiring
the pink satin ribbons.
"These are wonderful!
Absolutely perfect," she said,
and she started to dance.

Por fin llegaron las zapatillas. Cuidadosamente,
ella las puso en sus pies y las ató primero
una y después la otra.
Sentada ahí ella movía sus pies de lado a lado admirando las
zapatillas con sus cintas de raso color rosa.
"Estas son maravillosas. Son absolutamente perfectas,"
dijo ella y empezó a bailar.

She stretched her legs.
She pointed her toes just so.

Ella extendió sus piernas.
Ella apuntó sus pies precisamente.

But when she twirled and whirled around, she still fell down and the geese laughed, "Did you ever see anything as funny as when her feet get all tangled up with each other?"

"Never!" said another.

Pero cuando ella giró y dio vueltas ella, de nuevo se cayó y se rieron los gansos. "¿Han visto algo tan chistoso como cuando se enredan así sus pies uno con el otro?" preguntó un ganso.

"¡Nunca!" dijo otro.

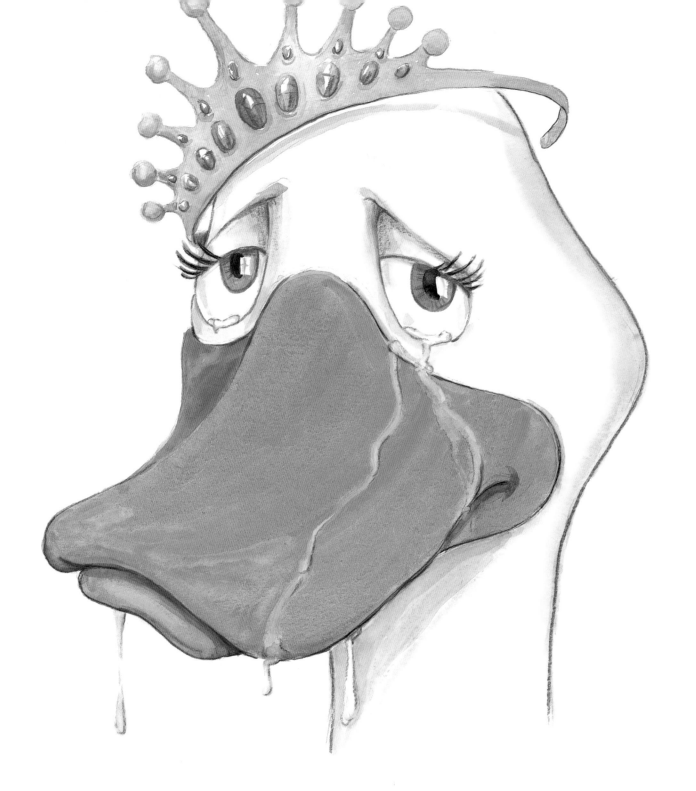

Pattie Patty began to cry.

Pati Patita empezó a llorar.

Then she ran behind the willow tree.
She cried so loudly that everyone heard and
her friends felt sad for her.

Y de ahí ella se corrió a esconderse
detrás del gran árbol sauce.
Ella lloró tan fuerte que todo mundo
la oían y sus amigos sentían lástima
por ella.

"I love your dancing, Pattie Patty," growled Dog. "I like the way you stretch your legs. I like the way your tiara sparkles in the sun. And besides, dancing makes you happy."

"A mí me encanta cuando bailas, Pati Patita," gruñó Perro.
"A mí me gusta como extiendes tus piernas. A mí me gusta como brilla tu tiara en el sol. Y aparte de eso, cuando bailas estas feliz."

"I really like how you point your toes in your ballet shoes," croaked Frog.
"Pink is my favorite color."

"Y a mí me gusta como apuntas tus pies con tus zapatillas de ballet," croía Rana.
"El color rosa es mi color favorito."

"Really?" ask Pattie Patty, wiping the tears from her eyes.

"¿De verás?" preguntó Pati Patita, secando las lagrimas de sus ojos.

"Well, my favorite is the tutu," squealed Pig. "It's so—fluffy! Can I wear it sometime?"

"Pues el tutu es mi favorito," chilló Puerquita. "¡Es tan—esponjoso! ¿Me dejas ponerlo algún día?"

"Do you really like my dancing?" Pattie Patty asked again.
"Really," answered her friends.

"¿De veras les gustan como bailo?" preguntó Pati Patita de nuevo.
"De veras," respondieron sus amigos.

Pattie Patty stood up and announced,
"Then I don't care what those geese think.
I want to dance.
Will you all dance with me?"

Pati Patita se paró y anunció,
"Entonces a mí no me importa que
piensan esos gansos.
Yo quiero bailar.
¿Bailarán ustedes conmigo?"

"Yes!" they all answered. "Let's all dance."

They danced in the pond.

"¡Si!" Dijeron todos.  "Bailémonos todos."

Bailaron en el estanque.

They danced in the meadow.

Bailaron en el prado.

They danced around Dog's bowl.

Bailaron alrededor de la vasija de Perro.

They danced through

Bailaron atravesando

Pig's mud bath.

el baño de lodo de Puerquita.

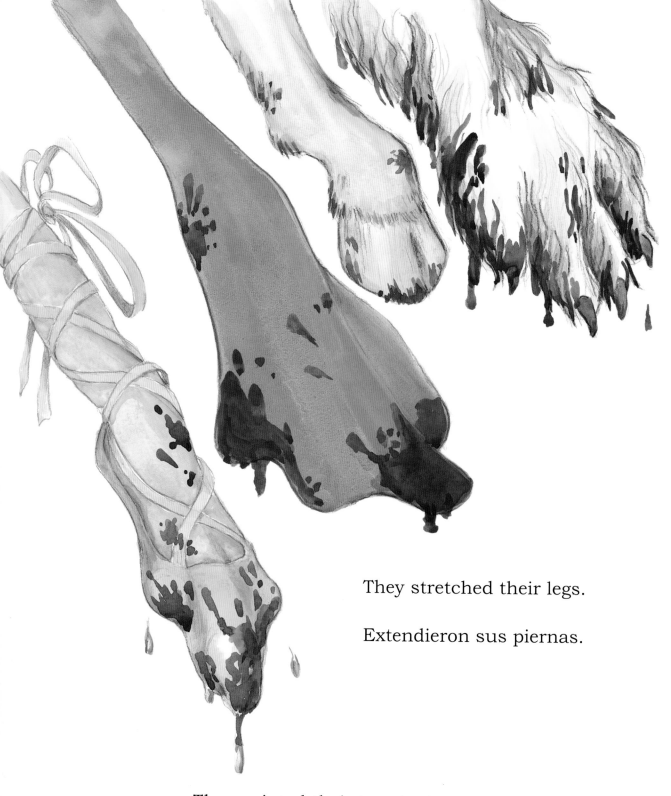

They stretched their legs.

Extendieron sus piernas.

They pointed their toes just so.

Apuntaron sus piesecitos precisamente.

They twirled and whirled and together they fell down.
They laughed at themselves and then they danced some more,
just like best friends.

Giraron y dieron vueltas y juntos se cayeron.
Se rieron de sí mismos y entonces continuaron bailando,
exactamente como mejores amigos.

**Pam Van Scoyoc** has always been creative, from dabbling in traditional art to fashion design. In 1993 she began writing for children when stories began to pour out of her and has been writing for children ever since.

"I love beautiful art and it is truly art when text and illustrations fit together in a picture book," says Pam. "Children's picture books are magical and I love having a part in producing them."

Pam's first book, *Angel Wings*, was published in 1998, ISBN 0-9663629-1-8

**Pam Van Scoyoc** siempre ha sido una persona creativa, y ha implementado su creatividad desde arte tradicional hasta diseño de moda. En 1993 ella empezó escribir para niños cuando dice que los cuentos "le salían de chorros" y desde entonces ella no ha parado de escribir.

"Me encanta arte bella y verdaderamente es arte cuando las palabras y los dibujos se concordan en un libro ilustrado" dice Pam. " Los libros ilustrados para niños son mágicos y me encanta participar en su producción."

El primer libro de Pam, *Angel Wings*, se publicó en 1998, ISBN 0-9663629-1-8

**Diane E. Teichman** originally from Davenport, Iowa, grew up in Mexico, Jamaica and Brazil. She has been a professional Translator and Interpreter since 1980, through her company: Linguistic Services (www.linguisticworld.com). Her passion for removing language barriers is realized when the delight, inspiration and imagination of children's stories flows across borders reaching children all over the world.

**Diane E. Teichman**, nacida en Davenport, Iowa, se crió en México, Jamaica y Brasil. Desde 1980 ella ha trabajado en el oficio de traductora é intérprete profesional con su compañía Linguistic Services (www.linguisticworld.com). Ella realiza su pasión de eliminar barreras causadas por idioma cuando participa en transportar el encanto y la imaginación de los cuentos de niños atravesando fronteras y así alcanzando a niños por todo el mundo.

**R. J. Lewis** is a Texas born design consultant, sculptor, animator, airbrush artist and award winning album cover designer. He has attended University of Houston, University of St. Thomas and Rice University in pursuit of furthering his art talent. He resides with his wife, Kaylynn, youngest son, Joel and canine pal, Betty Louise in Cypress, Texas. This is his first book.

**R. J. Lewis**, nacido en Texas, es un consultor de diseño, escultor, productor de dibujos animados, artista aerografíca y diseñador premiado de tapa de álbum. Ha asistido a la Universidad de Houston, la Universidad de St. Thomas y la Universidad de Rice para avanzar su talento artístico. Vive con su esposa Kaylynn, su hijo menor Joel y su perra Betty Louise en Cypress, Texas. Este es su primer libro.

## Author's note:

Love is the key to a better world—love for God, each other and ourselves. The formula for teaching children love is simple—they learn what they see and experience. Therefore the responsibility lies with the adults to change the world for our children. Let's help them to know themselves, to embrace their uniqueness and enjoy their place in the world. P. V.